AF245403

Ye

4604

LE TOMBEAV DE L'ESPAGNE

OU

LES VICTOIRES DES FRANÇOIS.

Dedié à Monseigneur le Mareschal de Schomberg.

A PARIS,

Chez Guillaume Saffier, Imprimeur & Libraire
ordinaire du Roy, ruë des Cordiers, proche
Sorbonne, aux deux Tourterelles.

M. DC. XXXXIX.
Auec Permißion.

A

MONSEIGNEVR

MONSEIGNEVR

CHARLES DE

SCHOMBERG,

DVC D'HALLVYN, PAIR ET
Mareſchal de France, Lieutenant General des
Armées de ſa Majeſté en Catalogne,
Gouuerneur de Mets, &c.

STANCES.

GGREE *le deſir qui picque mon Courage,*
D'eſleuer dans mes vers vn Thrône glorieux,
A tes hauts faits victorieux
Qui puiſſe meriter de porter ton Image.

A ij

Il eſt vray, grand SCHOMBERG, ie feray toûjours gloire,
D'employer mon eſprit à ton contentement,
    Pourueu que tes yeux ſeulement
Du temps de ton loiſir honore mon hiſtoire.

    Les riuaux inſolens qui brauent ma fortune,
Si ton grand jugement approuue mes écrits,
    Seront l'objet de mon mépris
Laiſſant japper les Chiens aux dépens de la Lune.

    Ta Vertu ſeulement m'oblige à tes loüanges,
Ce n'eſt pas l'intereſt ny moins les complimens
    Qui m'ont donné les ſentimens
De loger ton merite auec celuy des Anges.

    C'eſt pourquoy grãd Schõberg ie n'ay trait dãs ma plume
Qui ne ſoit employé pour peindre ton renom,
    Et faire un Autel en ton nom
Ou l'encens ſoit bruſlé du beau feu qui m'allume.

A LA

A LA NOBLESSE.
STANCES.

A NS *le secours de la science*
Les Illustres des temps passez
Verroient leurs grands noms effacez
Parmy la poudre & le silence,
Virgile dans ses Vers nous a ressuscité
Vn Troyen vagabond dont deuoit naistre Rome,
Et sans ce sçauant homme
Personne ne sçauroit qu'il eust jamais esté.

L'insigne & l'excellent Homere
Troye est ton second fondateur,
Luy seul malgré ton destructeur
T'a serui de maistre & de pere;
Quoy que le feu des Grecs ait bruslé tes Palais
Tu subsiste pourtant, parce qu'il te conserue,
Et son Vers te reserue
De plus beaux bâtimens que ceux qui sont brûlez;

B

Annibal, Cefar, Alexandre,
Et vous mille ou plus de Guerriers,
Vos teftes feroient fans Lauriers,
Et vos noms feroient fous la cendre,
Si de grands Ecriuains n'euffent par leurs écrits
Appellez du tombeau voftre augufte memoire,
Et mis dans leur hiftoire
Vos genereux exploits qu'ils ont fi bien décrits.

C'eft par la Mufe & par l'Hiftoire
Que SCHOMBERG viura glorieux,
Dont les hauts faits victorieux
Viuront au Temple de la gloire ;
MESSIEVRS voulez-vous viure apres voftre trépas
Faites des actions dignes d'eftre décrites,
Et des gens de merites
Pour les produire au jour ne vous manqueront pas.

C. M.

LE TOMBEAV

DE L'ESPAGNE,

ou

LES VICTOIRES

DES FRANCOIS.

Noble & rare amour des Guerriers
Dont le courage & la vaillance,
A depeuplé de ses Lauriers
Tous les vergers de la Prouence :
Grand Duc l'honneur des Combattans,
Qui força jadis les Titans,
A te ceder deuant Leucatte :
Tes merites vont dans l'excez
De quelque honneur dont on te flatte,
Il est moindre que tes succez.

Quand ie ferois le Dieu des Vers,
Ou que j'aurois l'efprit d'vn Ange,
Quand Appollon m'auroit ouuert
Tous les fecrets de la loüange,
Quand ie ferois plein de Ronfart,
Quand j'aurois épuifé fon art,
Et beu toute l'eau d'Hypocrene,
Ie ferois forcé d'aduoüer,
Que c'eft fans fruict & non fans peine
Qu'on entreprend à te loüer.

Ainfi Mufe ne t'enfle pas,
Quitte ta boutade inutile,
Tu prens vn ton vn peu trop bas,
Pour bien parler de cét Achille:
Confeffe auec fincerité
Que la flatteufe Antiquité
Porta trop haut vn Alexandre;
Mais que SCHOMBERG volle fi haut,
Que quelque ton qu'on puiffe prendre
Il eft plus bas qu'il ne le faut.

Si ce qu'on dit des Conquerans
A semblé toûjours incroyable;
Si ces Heros ou ces Tyrans
N'ont paru vrais que dans la fable:
SCHOMBERG ta generosité
Sauue aujourd'huy l'antiquité
Du soupçon d'estre mensongere:
Et tes exploits miraculeux
Nous font croire qu'ils ont pû faire
Ce que tu n'as fait qu'aprés eux.

Mais de quoy qu'on les ait vanté
Ils n'ont rien de si memorable,
Que ton nom par tout redouté
N'ait fait qui leur soit preferable:
Si ces Heros des temps passés,
Si ces grands foudres terrassés
Eussent rencontré tes orages:
On les eut veu malgré leurs sorts
Où tu fis d'illustres carnages
Estre eux-mesmes au nombre des morts.

C

S'ils euffent eu tes ennemis
Bouffis d'orgueil & gros de gloire,
Ils n'auroient jamais efté mis
Dans les faftes ny dans l'hiftoire :
Leur nom feroit enfeuely
Dans le filence & dans l'oubly,
S'ils euffent eu ton auanture
Et le moindre de tes hazards :
Nous euft priué mefme en peinture
Des Annibals & des Cefars.

En effet qui de ces vaillans
Euft brifé la fleur Efpagnolle,
Et bâty de leurs Corps fanglans
Vn pont pour paffer Carmagnolle?
Ce miracle eftoit referué
A S CH OM B E R G dont le bras leué
Foudroya leurs hautes machines :
Et leur creufa des monumens
Parmy la poudre & les ruynes,
De leurs propres retranchemens.

Suiuis d'vn petit Camp volant
Qui n'eſtoit fait que de Nobleſſe,
Il renuerſoit en bataillant
L'Eſpagnol & ſa fortereſſe :
Mais ayant veu que ſes Soldats
Craignant la foudre de ſon bras,
Ne ſoient ſortis de leur demeure,
Il changea leur Fort en vn plan,
Et détruiſit à moins d'vne heure
Tous les trauaux de plus d'vn an.

En vain l'ennemy reſiſtoit
A l'effort de ſon Cimeterre,
Le Dieu du Combat le quittoit
Pour l'immoler à ta colere :
Il n'eſtoit point de baſtion,
De foſſé, ny de gabion,
Qu'il ne l'égalât à la terre :
Châque coup de ſon coutelas
Eſtoit pour eux plus d'vn tonnerre,
Plus d'vne mort, & d'vn trépas.

Bien que le fort de Serbellon
Fuſt eſcarpé deſſus la roche,
Et que par la voix du canon
Il en fiſt deffendre l'approche;
Toutefois tu luy fis bien voir
Que ton courage & ton pouuoir
Ne trouuent rien de difficile :
Sauue-toy ſauue Serbellon
Fait voir que contre cét Achille
Tu ne combas que du talon.

C'eſt aſſez ie ſuis obey
Serbellon a quitté la place,
Et ſa vertu qui l'a trahy
N'a plus de ſang s'il n'eſt de glace :
Il quitte ſes retranchemens
Et fuit auec ſes Regimens
Qui ſe jettent dans la campagne,
Qui doit eſtre par leur malheur
Le cimetiere de l'Eſpagne,
t le thrône de ta valleur.

Quand

Quand ton bras eut brifé L'écueil
Qui cachoit les Soldats d'Ibere,
Le theatre de fon orgueil
Deuient celuy de fa mifere:
Mais pour monftrer que ta valeur
Ne deuoit pas à leur malheur
Ses grands fuccez de ta victoire,
Le Ciel permit que fes Soldats
Accreuffent l'éclat de ta gloire:
Par la perte de cinq Combats.

Ton Courage auoit dedaigné
De fe fignaler par leur cheute,
Puis qu'il ne croit auoir gaigné
Que les combats qu'on luy difpute:
Auffi par cinq diuerfes fois
Qu'ils firent tefte à tes François,
Leur refiftance opiniaftre
Fit juger à tous les humains,
Qu'ils n'auoient d'ardeur à combattre
Qu'afin de mourir de tes mains.

D

Grand Demon de noftre bon-heur
Ange qui veille fur la France,
Toy feul tu fçais de quel honneur
On doit Couronner fa vaillance :
Ton œil l'accompagna toûjours,
Non pour luy prefter du fecours
Mais pour y trouuer vn azile :
Sçachant fort bien que fon appuy
Ne viuoit plus qu'en cét Achille,
Et ne pouuoit mourir qu'en luy.

Tu vis ces grands & rudes coups
Que lançoit ce foudre de guerre,
Quand Mars plus rauy que jaloux
Alloit baifer fon Cimeterre :
Tu vis fon cheual renuerfé,
Tu vis ce genereux bleffé
Répandre vn fang noble & fidelle,
Et vanger par mille trépas
Vne main lâche & criminelle
Sur mille qui ne l'eftoient pas.

Tu vis comme parmy la nuict
De la poudre & de la fumée,
Il faifoit luy feul plus de bruit
Que n'en feroit toute vne armée :
Il ne craignoit point le Canon,
Luy feul forçoit vn efcadron,
Et fa vaillance opiniaftre
Qui ne fçauoit vaincre à demy,
S'obftinoit à toûjours combattre
Tant qu'il verroit quelque ennemy.

N'ayant plus rien qui refiftaft
A fa puiffance inconceuable,
Il falloit bien qu'il arreftaft
Sa foudre toûjours redoutable :
Il finit fes Combats fanglans
Par le deffaut des Combattans,
Sans que fa gloire en fuft bornée :
Car fon courage & fa chaleur
Ne finit qu'auec la journée
Ses triomphes & leur malheur.

En fin le Soleil expiroit
A l'abord des rays de la Lune,
Que Serbellon se retiroit
Battu des mains de sa Fortune :
En fin l'Espagne & ses Soldats
Mis en deroute en cinq combats,
Prirent leur fuitte parmy l'ombre ;
Quand pour punir ces glorieux,
Et faire voir le petit nombre,
Le Ciel ouurit plus de mille yeux.

Iamais cét Astre de la nuict
Qui tient vne route incertaine,
Ne fit entendre moins de bruit
De son Coche étoffé d'Ebene ;
Elle regardoit fixement
Ce miserable Regiment
Qui s'en fuyoit auec le Comte,
Quand les voyant perdu de cœur
Elle rougit d'aise de honte ;
Pour leur perte & pour nostre honneur.

S'en

S'en est faict, ils sont écartez,
Et leur deplorable fortune,
A beau se plaindre des clartez
Du firmament & de la Lune :
Quand la nuict les auroit caché
Le Soleil qui n'estoit couché
Que du depit de leur retraite,
Euft découuert tout à la fois
Et l'opprobre de leur deffaite
Et le triomphe des François.

Ils ont quitté peur de mourir
Cette grauité naturelle,
Aymant mieux la perdre & courir
Que l'ayant, mourir auec elle :
A l'object des premiers dangers
On les vit & prompts & legers,
Contre leur coûtume ordinaire,
Eux qui n'ofent à peine aller
Quand ils font deuant le vulgaire,
A SCHOMBERG ils voudroient voler.

E

Espagnols prenés des relais
Euitez SCHOMBERG & ses armes,
Il fendra si vous ne volés
Iusqu'au dernier de vos gens-d'armes;
Courage pauures Escadrons
N'épargnez point vos éperons
Ou voltre vie est à son terme:
Serrez le flanc, doublez le pas,
Vous n'estes pas en terre ferme
Ou SCHOMBERG peut toucher du bras.

Et vous Espagne ouurés vos forts
Sauuez vos enfans du carnage,
SCHOMBERG a fait assez de morts
Ostez le reste à son Courage:
Mais pour toy Comte malheureux
Oït ce que ton Roy genereux
Te dit du fonds de sa Castille,
Sauue toy sauue Serbellon,
Fait voir que contre cét Achille,
Tu ne combats que du talon.

LES VOEVX
ET SOVHAITS

DE LA FRANCE

POVR LA PROSPERITÉ

de ses Armes.

ELEGIE

S CHOMBERG est asseuré sa vertu peu commune
Trióphe des hazards & des coups de fortune,
Le plus mutin des sorts respecte sa valeur :
Et son merite seul fait mourir le malheur.
Grand Duc tous ces éclats qui brillent sur ta teste
Deffendét son approche aux coups de la tempeste :
Le foudre te reuere & tes exploits guerriers
N'osant mesme approcher l'ombre de tes lauriers.

Que SCHOMBERG a jamais reigle les deſtinées
Que châcun de ſes jours vaillent les mille années!
Que toûjours triomphant il affronte le fort,
Qu'il vainque l'Eſpagnol, la fortune, & la mort.
Mais quel tranſport m'anime, ô filles de memoire?
Laiſſez-moy ie vous ſuis dans le Char de la gloire,
Cyprés retirés-vous, faites place aux Lauriers ;
Il faut laiſſer les morts pour parler aux Guerriers.
Grand Duc le Cyprés meurt la mort s'eſt échapée,
N'ayant jamais eſté qu'au bout de ton épée,
N'oſant auec ſa faux approcher de ton bras
Elle te fuit icy pour te ſuiure aux combats.

Acheue Illuſtre Duc, fais que ta gloire éclatte,
La mort t'honore ailleurs auſſi bien qu'à Leucatte,
Toute aueugle qu'elle eſt elle cognoiſt tes mains
Qui firét plus d'exploits que le Mars des Romains,
C'eſt elle qui te vit du ſein d'vne campagne,
En faire vn Cimetiere à l'orgueil de l'Eſpagne,
Recognoiſtre les lieux affronter les hazards
Dót le moindre eût fait peur au plus grád des Ceſars
Combattre contre mille, attaquer des armées,
Rechercher de l'éclat dans la nuiƈt des fumées,
Imprimer ta valeur, & fonder ton renom,
Sur les corps des bleſſez, dans la voix du Canon.
                                    L'ennemy

L'ennemy tranſporté de te voir ſi bien faire
Diſoit que tu charmois le demon de l'Ibere,
Ne pouuant cóceuoir comme vn camp de Soldats
Perdoit toute l'Eſpagne en cinq ou ſix combats.
Grand Duc ſi tes Soldats oſerent l'entreprendre
Ce n'eſt pas de merueille, ils ſuiuoient Alexandre,
Ils ſuiuoient vn Guerrier, dont l'illuſtre valeur
N'a jamais combattu qu'aux dépens du malheur.

Ange de ſon bon-heur, grád Demon de la Fráce,
Toy ſeul fuſt le témoin de toute ſa vaillance,
Dis nous, car tu le ſçais, tu combattois ſous luy,
Il eſtoit ton azyle, il eſtoit ton appuy:
Dis nous n'eſt-il pas vray que ſa bonne fortune
Conduiſant ſon deſtin dans le Char de la Lune,
Il donna la bataille, il vainquit l'ennemy,
Il gaigna tout d'vn coup vn combat & demy.
Cinq fois les aſſaillis reprenoient le courage,
Et cinq fois repouſſez ils perdoient l'auantage;
En fin prenant la fuite au plus fort de la nuict,
Ils perdent la victoire, & l'honneur qui la ſuit.

F

Mais grand Duc, c'est affez, j'entens la modeftie,
Qui s'offence desja de cette poëfie,
Et l'efprit retenu dont le Ciel t'a doüé
Se vient plaindre à mes Vers de ce qu'ils t'ont loüé
Tes exploits m'accablans, & ma Mufe eftant laffe
Permet nous de monter au fommet du Parnaffe,
Pour aduertir les Dieux que SCHOMBERG eft icy,
Qu'il attend leurs honneurs, les meritant auffi.
Bien-toft tu verras Mars t'offrir fon Cimeterre,
Neptune fon Trident, Iupiter fon Tonnerre,
Et le Dieu des neuf Sœurs en fes doctes pinceaux
Vne feconde vie, & des Lauriers nouueaux.

F I N.

PERMISSION.

PErmis faire Imprimer les Vers, intitulez, *Le
Tombeau de l'Efpagne*, *ou les Victoires des
François*: Fait ce 2e Octobre 1649.

D VBRAY.

www.ingramcontent.com/pod-product-compliance
Lightning Source LLC
Chambersburg PA
CBHW061827060726
47597CB00008B/3392